LES JOYEUSES

HISTOIRES

DE NOS PÈRES

XI

LES JOYEUSES

HISTOIRES

DE NOS PÈRES

Mieux est de ris que de larmes écrire,
Parce que rire est le propre de l'homme
RABELAIS.

XI

LE HURON AMOUREUX
LA NUIT ET LE MOMENT — LES TROIS AVEUGLES
DE COMPIÈGNE, ETC.

PARIS
CHEZ TOUS LES LIBRAIRES

Droits réservés

I

LE HURON AMOUREUX

N l'année 1689, le 15 juillet au soir,
l'abbé de Kerkabon, prieur de Notre-
Dame de la Montagne, se prome-
nait sur le bord de la mer avec Mlle de Kerkabon, sa sœur, pour prendre le frais. Le
prieur, déjà un peu sur l'âge, était un très
bon ecclésiastique, aimé de ses voisins, après
l'avoir été autrefois de ses voisines. Ce qui lui
avait donné surtout une grande considération,
c'est qu'il était le seul bénéficier du pays
qu'on ne fût pas obligé de porter dans son

lit quand il avait soupé avec ses confrères. Il savait assez honnêtement de théologie, et, quand il était las de lire saint Augustin, il s'amusait avec Rabelais ; aussi tout le monde disait du bien de lui.

Mlle de Kerkabon, qui n'avait jamais été mariée, quoiqu'elle eût grande envie de l'être, conservait de la fraîcheur à l'âge de quarante-cinq ans ; son caractère était bon et sensible ; elle aimait le plaisir et était dévote.

Le prieur disait à sa sœur, en regardant la mer :

— Hélas ! c'est ici que s'embarqua notre pauvre frère, avec notre chère belle-sœur, sur la frégate l'*Hirondelle*, en 1669, pour aller servir en Canada : s'il n'avait pas été tué, nous pourrions espérer de le revoir encore.

Comme ils s'attendrissaient l'un et l'autre à ce souvenir, ils virent entrer dans la baie de Rence un petit bâtiment qui arrivait avec la marée ; c'étaient des Anglais qui venaient vendre quelques denrées de leur pays. Ils sautèrent à terre, sans regarder monsieur le prieur, ni mademoiselle sa sœur, qui fut très choquée du peu d'attention qu'on avait pour elle.

Il n'en fut pas de même d'un jeune homme très bien fait, qui s'élança d'un saut par-dessus la tête de ses compagnons et se trouva vis-à-vis mademoiselle. Il lui fit un signe de tête, n'étant pas dans l'usage de faire la révérence. Sa figure et son ajustement attirèrent les regards du frère et de la sœur; il était nu-tête et nu-jambes, les pieds chaussés de petites sandales, le chef orné de longs cheveux en tresses, un petit pourpoint qui serrait une taille fine et dégagée, l'air martial et doux. Il tenait dans sa main une petite bouteille d'eau des Barbades, et dans l'autre une espèce de bourse dans laquelle était un gobelet et de très bon biscuit de mer. Il parlait français fort intelligiblement. Il présenta de son eau des Barbades à Mlle de Kerkabon et à monsieur son frère, il en but avec eux ; il leur en fit reboire encore, et tout cela d'un air simple et si naturel que le frère et la sœur en furent charmés. Ils lui offrirent leurs services, en lui demandant qui il était et où il allait.

Le jeune homme leur répondit qu'il n'en savait rien, qu'il était curieux, qu'il avait voulu voir comment les côtes de France étaient faites, qu'il était venu et allait s'en retourner.

Monsieur le prieur, jugeant à son accent qu'il n'était pas Anglais, prit la liberté de lui demander de quel pays il était.

— Je suis Huron, lui répondit le jeune homme.

Mlle de Kerkabon, étonnée et enchantée de voir un Huron qui lui avait fait des politesses, pria le jeune homme à souper. Il ne se fit pas prier deux fois, et tous trois allèrent de compagnie au prieuré de Notre-Dame de la Montagne.

Le bruit se répandit bientôt qu'il y avait un Huron au prieuré. La bonne compagnie du canton s'empressa d'y venir souper. L'abbé de Saint-Yves y vint avec mademoiselle sa sœur, jeune basse Brette, fort jolie et très bien élevée. Le bailli, le receveur des tailles et leurs femmes furent du souper.

On plaça l'étranger entre Mlle de Kerkabon et Mlle de Saint-Yves. Tout le monde le regardait avec admiration ; tout le monde lui parlait et l'interrogeait à la fois ; le Huron ne s'en émouvait pas, il semblait qu'il eût pris pour sa devise celle de Milord Bolingbroke : *Nihil admirari*.

Monsieur le bailli, qui s'emparait toujours des étrangers dans quelque maison qu'il se trouvât et qui était le plus grand questionneur de la province, lui dit, en ouvrant la bouche d'un demi-pied :

— Monsieur, comment vous nommez-vous ?

— On m'a toujours appelé l'*Ingénu*, reprit le Huron, et on m'a confirmé ce nom en Angleterre, parce que je dis toujours naïvement ce que je pense, comme je fais tout ce que je veux.

— Comment, étant né Huron, avez-vous pu, monsieur, venir en Angleterre ?

— C'est qu'on m'y a amené ; j'ai été fait, dans un combat, prisonnier par les Anglais, après m'être bien défendu, et les Anglais, qui aiment la bravoure, parce qu'ils sont braves et qu'ils sont aussi honnêtes que nous, m'ayant proposé de me rendre à mes parents ou de venir en Angleterre, j'acceptai le dernier parti, parce que, de mon naturel, j'aime passionnément à voir du pays.

— Mais, monsieur, dit le bailli avec son ton imposant, comment avez-vous pu abandonner ainsi père et mère ?

— C'est que je n'ai jamais connu ni père ni mère, dit l'étranger.

La compagnie s'attendrit, et tout le monde répétait : *Ni père, ni mère !*

— Nous lui en servirons, dit la maîtresse de la maison à son frère le prieur ; que ce monsieur le Huron est intéressant !

L'Ingénu la remercia avec une cordialité noble et fière, et lui fit comprendre qu'il n'avait besoin de rien.

.*.

L'abbé de Saint-Yves lui demanda laquelle des trois langues lui plaisait davantage : la huronne, l'anglaise ou la française.

— La huronne, sans contredit, répondit l'Ingénu.

Alors ce fut à qui lui demanderait comment on disait en huron du tabac, et il répondait *taya;* comment on disait manger, et il répondait *essenten.* Mlle de Kerkabon voulut absolument savoir comment on disait faire l'amour, il lui répondit *trovander.*

Trovander parut très joli à tous les convives.

Mlle de Saint-Yves était fort curieuse de savoir comment on faisait l'amour au pays des Hurons.

— En faisant de belles actions, répondit-il,

pour plaire aux personnes qui vous ressemblent.

Tous les convives applaudirent avec étonnement. Mlle de Saint-Yves rougit et fut fort aise. Mlle de Kerkabon rougit aussi, mais elle n'était pas si aise ; elle fut un peu piquée que la galanterie ne s'adressât pas à elle, mais elle était si bonne personne que son affection pour le Huron n'en fut point du tout altérée. Elle lui demanda avec beaucoup de bonté combien il avait eu de maîtresses en Huronie.

— Je n'en ai jamais eu qu'une, dit l'Ingénu ; c'était mademoiselle Abacaba, la bonne amie de ma chère nourrice. Elle m'aimerait encore, si elle n'avait pas été mangée par un ours ; j'ai puni l'ours, j'ai porté longtemps sa peau ; mais cela ne m'a pas consolé.

Mlle de Saint-Yves sentait un plaisir secret d'apprendre que l'Ingénu n'avait eu qu'une maîtresse, et qu'Abacaba n'était plus ; mais elle ne démêlait pas la cause de son plaisir.

Enfin, on acheva de vider la bouteille d'eau des Barbades, et chacun s'en alla coucher.

Quand on eut reconduit l'Ingénu dans sa chambre, Mlle de Kerkabon et son amie, Mlle de Saint-Yves, ne purent se tenir de regarder par le trou d'une large serrure pour voir comment dormait un Huron. Elles virent qu'il avait étendu la couverture du lit sur le plancher et qu'il reposait dans la plus belle attitude du monde.

.·.

L'Ingénu, selon sa coutume, s'éveilla avec le soleil, au chant du coq. Il avait déjà fait deux ou trois lieues, il avait tué trente pièces de gibier à balle seule, lorsqu'en rentrant, il trouva monsieur le prieur de Notre-Dame et sa discrète sœur se promenant en bonnet de nuit dans le jardin. Il leur présenta toute sa chasse; et, en tirant de sa chemise une espèce de petit talisman qu'il portait toujours à son cou, il les pria de l'accepter en reconnaissance de leur bonne réception.

— C'est ce que j'ai de plus précieux, leur dit-il ; on m'a assuré que je serais toujours heureux tant que je porterais ce petit brimborion sur moi, et je vous le donne afin que vous soyez toujours heureux.

Le prieur et mademoiselle sourirent avec attendrissement de la naïveté de l'Ingénu : ce présent consistait en deux petits portraits assez mal faits, attachés ensemble avec une courroie fort grosse.

Le prieur regardait attentivement ces portraits ; il changea de couleur, il s'émut, ses mains tremblèrent.

— Par Notre-Dame de la Montagne, s'écria-t-il, je crois que voilà le visage de mon frère le capitaine et de sa femme ! Mademoiselle, après les avoir considérés avec émotion, en jugea de même. Après cent questions et cent réponses, le prieur et sa sœur conclurent que le Huron était leur propre neveu. Ils l'embrassaient en versant des larmes; et l'Ingénu riait, ne pouvant s'imaginer qu'un Huron fût neveu d'un prieur bas breton. L'Ingénu consentit lui-même à être neveu de monsieur le prieur, en disant qu'il aimait antant l'avoir pour oncle qu'un autre.

Monsieur le prieur, voyant qu'il était un peu sur l'âge, et que Dieu lui envoyait un neveu pour sa consolation, se mit en tête qu'il pourrait lui résigner son bénéfice, s'il réussissait à le baptiser et à le faire entrer dans les ordres. Il résolut de lui faire lire *le Nouveau Testament*. L'Ingénu le dévora avec beaucoup de plaisir. Il promit bientôt de se faire chrétien.

Il ne douta pas qu'il ne dût commencer par être circoncis; car, disait-il, je ne vois pas, dans le livre qu'on m'a fait lire, un seul personnage qui ne l'ait été; il est donc évident que je dois faire le sacrifice de mon prépuce; le plus tôt, c'est le mieux. Il ne délibéra point; il envoya chercher le chirurgien du village et le pria de lui faire l'opération, comptant réjouir infiniment Mlle de Kerkabon et toute la compagnie, quand une fois la chose serait faite. Un jésuite, venu pour opérer la conversion du Huron et qui n'avait point encore fait cette opération, en avertit la famille, qui jeta les hauts cris : la bonne Kerkabon trembla que son neveu, qui paraissait résolu et expéditif, ne se fît lui-même l'opération très maladroitement, et qu'il n'en résultât de tristes effets, auxquels les dames s'intéressent toujours par bonté d'âme.

Le prieur redressa les idées du Huron ; il lui remontra que la circoncision n'était plus de mode ; que le baptême était beaucoup plus doux et plus salutaire ; que la loi de grâce n'était pas comme la loi de rigueur : L'Ingénu, qui avait beaucoup de bon sens et de droiture, disputa, mais reconnut son erreur, ce qui est assez rare en Europe aux gens qui disputent ; enfin, il promit de se faire baptiser quand on voudrait.

On prit jour avec l'évêque de Saint-Malo

qui, flatté comme on peut le croire de baptiser un Huron, arriva dans un pompeux
équipage, suivi de son clergé. Mlle de Saint-
Yves, en bénissant Dieu, mit sa plus belle
robe, et fit venir une coiffeuse de Saint-Malo
pour briller à la cérémonie.

Auparavant, on voulut confesser l'Ingénu :
ce fut là le plus difficile. L'Ingénu avait toujours en poche le livre que son oncle lui
avait donné : il n'y trouvait pas qu'un seul
apôtre se fût confessé, et cela le rendait très
rétif. Le prieur lui ferma la bouche en lui
montrant dans l'épître de saint Jacques le
Mineur, ces mots qui font tant de peine aux
hérétiques : *Confessez vos péchés les uns
aux autres.* Le Huron se tut, et se confessa
à un récollet : quand il eut fini, il tira le récollet du confessionnal, et, saisissant son
homme d'un bras vigoureux, il se mit à sa
place, et le fit mettre à genoux devant
lui :

— Allons, mon ami, il est dit : *Confessez-
vous les uns aux autres.* Je t'ai conté mes

péchés; tu ne sortiras d'ici que tu ne m'aies conté les tiens.

En parlant ainsi, il appuyait son large genou contre la poitrine de son adverse partie. Le récollet pousse des hurlements qui font retentir l'église : on accourt au bruit, on voit le catéchumène qui gourmait le moine au nom de saint Jacques le Mineur. La joie de baptiser un bas Breton Huron et Anglais était si grande, qu'on passa par-dessus ces singularités : il y eut même beaucoup de théologiens qui pensèrent que la confession n'était pas nécessaire, puisque le baptême tenait lieu de tout.

* *

Le baptême fut administré et reçu avec toute la décence, toute la magnificence, tout l'agrément possibles. L'oncle et la tante cédèrent à M. l'abbé de Saint-Yves et à sa sœur l'honneur de tenir l'Ingénu sur les fonts. Mlle de Saint-Yves rayonnait de joie de se voir marraine.

Comme il n'y a jamais eu de cérémonie
qui ne fût suivie d'un grand dîner, on se mit
à table au sortir du baptême. Le bailli, toujours interrogant, demanda au Huron s'il
serait fidèle à ses promesses.

— Comment voulez-vous que je manque
à mes promesses, répondit le Huron, puisque
je les ai faites entre les mains de Mlle de
Saint-Yves.

On avait donné le nom d'Hercule au
baptisé : l'évêque de Saint-Malo demandait
toujours quel était ce patron, dont il n'avait
jamais entendu parler.

Le jésuite, qui était fort savant, lui dit que
c'était un saint qui avait fait douze miracles :
il y en avait un treizième qui valait les douze
autres, mais dont il ne convenait pas à un
jésuite de parler ; c'était celui d'avoir changé
cinquante filles en femmes en une seule
nuit.

Un plaisant qui se trouva là releva ce mi-
racle avec énergie ; toutes les dames baissè-
rent les yeux, et jugèrent à la physionomie

de l'Ingénu qu'il était digne du saint dont il portait le nom.

Dès que monsieur l'évêque fut parti, l'Ingénu et M¹¹ᵉ de Saint-Yves se rencontrèrent sans avoir fait réflexion qu'ils se cherchaient ; ils se parlèrent sans avoir imaginé ce qu'ils se disaient. L'Ingénu lui dit d'abord qu'il l'aimait de tout son cœur, et que la belle Abacaba, dont il avait été fou dans son pays, n'approchait pas d'elle. Mademoiselle lui répondit, avec sa modestie ordinaire, qu'il fallait en parler au plus vite à monsieur le prieur son oncle, et à mademoiselle sa tante ; et que, de son côté, elle en dirait deux mots à son frère l'abbé de Saint-Yves, et qu'elle se flattait d'un consentement commun.

L'Ingénu lui répondit qu'il n'avait besoin du consentement de personne ; qu'il lui paraissait extrêmement ridicule d'aller demander à d'autres ce qu'on devait faire ; que quand deux parties sont d'accord, on n'a pas besoin d'un tiers pour les accommoder. On peut juger que la belle Bretonne employa toute la délicatesse de son esprit à réduire son Huron aux termes de la bienséance; elle se fâcha même, et bientôt se radoucit: enfin on ne sait comment aurait fini cette conversation, si, le jour baissant, monsieur l'abbé n'avait ramené sa sœur à son abbaye.

Le lendemain, comme son oncle voulait l'entretenir des bienfaits de la religion, il se sauva précipitamment du prieuré en disant:

— Je vais me marier!

Et au bout d'un quart d'heure, il était déjà chez sa belle et chère Saint-Yves qui dormait encore.

**

A peine l'Ingénu était arrivé, qu'ayant demandé à une vieille servante où était la chambre de sa maîtresse, il avait poussé fortement la porte mal fermée, et s'était élancé vers le lit.

Mme de Saint-Yves, se réveillant en sursaut, s'était écriée:

— Quoi! c'est vous! âh! c'est vous! arrêtez-vous, que faites-vous?

Il avait répondu :

— Je vous épouse.

Et en effet, il l'épousait, si elle ne s'était pas débattue avec toute l'honnêteté d'une personne qui a de l'éducation.

L'Ingénu n'entendait pas raillerie; il trouvait toutes ces façons-là extrêmement impertinentes.

— Ce n'était pas ainsi qu'en usait Mlle Abacaba, ma première maîtresse : vous n'avez point de probité; vous m'avez promis mariage, et vous ne voulez point faire mariage; c'est manquer aux premières lois de l'honneur : je vous apprendrai à tenir votre parole, et je vous remettrai dans le chemin de la vertu.

L'Ingénu possédait une vertu mâle et intrépide, digne de son patron Hercule, dont on lui avait donné le nom à son baptême; il allait l'exercer dans toute son étendue, lorsqu'aux cris perçants de la demoiselle, plus

discrètement vertueuse, accourut le sage
abbé de Saint-Yves, avec sa gouvernante, un
vieux domestique dévot et un prêtre de la
paroisse : cette vue modéra le courage de
l'assaillant.

— Eh mon Dieu! mon cher voisin, lui dit
l'abbé, que faites-vous là?

— Mon devoir, répliqua le jeune homme :
je remplis mes promesses qui sont sacrées.

Mlle de Saint-Yves se rajusta en rougissant;
on emmena l'Ingénu dans un autre appartement; l'abbé lui remontra l'énormité du
procédé : l'Ingénu se défendit sur les privi-
lèges de la loi naturelle, qu'il connaissait
parfaitement. Mais on l'adoucit par des paroles flatteuses; on lui donna des espérances,
on lui présenta même Mlle de Saint-Yves,
quand elle eut fait sa toilette : tout se passa
avec la plus grande bienséance; mais, malgré
cette décence, les yeux étincelants de l'Ingénu
Hercule firent toujours baisser ceux de sa
maîtresse et trembler la compagnie.

On eut une peine extrême à le renvoyer

chez ses parents. Enfin, quand il fut parti, l'abbé, qui non seulement était le frère très aîné de Mlle de Saint-Yves, mais qui était aussi son tuteur, prit le parti de soustraire sa pupille aux empressements de cet amant terrible : il alla consulter le bailli, qui, destinant toujours son fils à la sœur de l'abbé, lui conseilla de mettre la pauvre fille dans une communauté. Ce qui fut fait.

Sitôt que le Huron fut instruit de ce coup terrible, il devint furieux ; il voulait aller mettre le feu au couvent, enlever sa maîtresse, ou se brûler avec elle.

Toute réflexion faite, il se fit soldat. Justement, les Anglais étaient venus pour piller l'abbaye de la Montagne, boire le vin de son oncle, et peut-être enlever Mlle de Saint-Yves. Il accomplit des prodiges de valeur, à la tête des habitants. Tout le monde l'exhorta de faire le voyage de Versailles, pour y recevoir le prix de ses services : le commandant, les principaux officiers le comblèrent de certificats ; l'oncle et la tante approuvèrent le voyage du neveu ; il devait être sans difficulté présenté au roi : cela seul lui donnerait un prodigieux relief dans la province. L'Ingénu disait en lui-même :

— Quand je verrai le roi, je lui demanderai Mlle de Saint-Yves en mariage, et certainement il ne me refusera pas.

Il partit donc aux acclamations de tout le canton, étouffé d'embrassements, baigné des larmes de sa tante, béni par son oncle, et se recommandant à la belle Saint-Yves.

En arrivant à Versailles, il fut saisi par la maréchaussée, qui se saisit d'abord de son fusil à deux coups et de son grand sabre et qui l'enferma à la Bastille, dans un cachot occupé déjà par un vieux janséniste depuis deux ans. Le Huron était accusé d'avoir, dans une hôtellerie de Saumur, pris le parti des huguenots chassés de leur patrie par la révocation de l'édit de Nantes, et de vouloir brûler les couvents pour en enlever les filles.

. .

Pendant que notre infortuné croupissait
en prison, en compagnie du janséniste, la
belle Saint-Yves, instruite des malheurs de
l'Ingénu, résolut d'aller elle-même prendre
des informations à Versailles, de se jeter aux
pieds des ministres et d'obtenir justice. Je
ne sais quoi l'avertissait secrètement qu'à la
cour on ne refuse rien à une jolie fille; mais
elle ne savait pas ce qu'il en coûtait.

Sa résolution prise, elle est consolée, elle
est tranquille; elle ne rebute plus son sot
prétendu, le fils du bailli; elle accueille le
détestable beau-père, caresse son frère, ré-
pand l'allégresse dans la maison; puis, le
jour destiné au mariage, elle part secrètement
à quatre heures du matin avec ses petits
présents de noces, et tout ce qu'elle a pu
rassembler. Ses mesures étaient si bien
prises, qu'elle était déjà à plus de dix lieues
lorsqu'on entra dans sa chambre vers le midi.
La surprise et la consternation furent

grandes : le mari resta plus sot qu'il ne l'avait jamais été.

L'abbé de Saint-Yves en colère prit le parti de courir après sa sœur : le bailli et son fils voulurent l'accompagner. Ainsi la destinée conduisait à Paris presque tout ce canton de la basse Bretagne. La veille, le prieur de la Montagne était parti pour Versailles avec sa sœur.

La belle Saint-Yves se doutait bien qu'on la suivrait. Elle était à cheval ; elle s'informait adroitement des courriers s'ils n'avaient point rencontré un gros abbé, un énorme bailli, et un jeune benêt, qui couraient sur le chemin de Paris. Ayant appris au troisième jour qu'ils n'étaient pas loin, elle prit une route différente, et eut assez d'habileté et de bonheur pour arriver à Versailles tandis qu'on la cherchait inutilement dans Paris.

Mais comment se conduire à Versailles ? jeune, belle, sans conseil, sans appui, inconnue, exposée à tout, comment oser chercher quelque conseiller désintéressé ? Elle ima-

gina de s'adresser à un jésuite de bas étage;
il y en avait pour toutes les conditions de la
vie. Il y avait en particulier les jésuites des
femmes de chambre, par lesquelles on savait
les secrets des maîtresses; et ce n'était pas
un petit emploi.

La belle Saint-Yves s'adressa à un de ces
derniers, qui s'appelait le père Tout-à-Tous.
Elle se confessa à lui, lui exposa ses aventures,
son état, son danger, et le conjura de la loger
chez quelque bonne dévote, qui la mît à
l'abri des tentations.

Le père Tout-à-Tous l'introduisit chez la
femme d'un officier du gobelet, l'une de ses
plus affidées pénitentes. Dès qu'elle y fut,
elle s'empressa de gagner la confiance et
l'amitié de cette femme; elle sut, grâce à
elle, que son amant avait été enlevé après
avoir parlé à un premier commis. Elle court
chez ce commis. La vue d'une belle femme
l'adoucit; car il faut convenir que Dieu n'a
créé les femmes que pour apprivoiser les
hommes.

Le plumitif attendri lui avoua tout :

— Votre amant est à la Bastille depuis près d'un an, et sans vous il y serait peut-être toute sa vie.

La tendre Saint-Yves s'évanouit. Quand elle eut repris ses sens, le plumitif lui dit :

— Je suis sans crédit pour faire du bien; tout mon pouvoir se borne à faire du mal quelquefois. Croyez-moi, allez chez M. de Saint-Panange, qui fait le bien et le mal, cousin et favori de monseigneur de Louvois: ce ministre a deux âmes; M. de Saint-Panange en est une, Mme du Fresnoi l'autre; mais elle n'est pas à présent à Versailles; il ne vous reste que de fléchir le protecteur que je vous indique.

La belle Saint-Yves, partagée entre un peu de joie et d'extrêmes douleurs, entre quelque espérance et de tristes craintes, poursuivie par son frère, adorant son amant, essuyant ses larmes et en versant encore, tremblante, affaiblie, et, reprenant courage, courut vite chez M. de Saint-Panange.

* *

Elle y arriva, accompagnée de l'amie chez qui elle logeait, toutes deux cachées dans leurs coiffes. La première chose qu'elle vit à la porte, ce fut l'abbé de Saint-Yves, son frère, qui en sortait. Elle fut intimidée ; mais la dévote amie la rassura :

— C'est précisément parce qu'on a parlé contre vous qu'il faut que vous parliez ; soyez sûre, que dans ce pays, les accusateurs ont toujours raison, si on ne se hâte de les confondre : votre présence, d'ailleurs, ou je me trompe fort, fera plus d'effet que les paroles de votre frère.

Pour peu qu'on encourage une amante passionnée, elle est intrépide. La Saint-Yves se présente à l'audience : sa jeunesse, ses charmes, ses yeux tendres mouillés de quelques pleurs attirèrent tous les regards ; chaque courtisan du sous-ministre oublia un moment l'idole du pouvoir, pour contempler celle de la beauté. Le Saint-Panange la fit entrer

dans un cabinet : elle parla avec attendrissement et avec grâce. Saint-Panange se
sentit touché. Elle tremblait; il la rassura :

— Revenez ce soir, lui dit-il, vos affaires
méritent qu'on y pense et qu'on en parle à
loisir; il y a ici trop de monde ; on expédie
les audiences trop rapidement : il faut que
je vous entretienne à fond de tout ce qui
vous regarde.

Ensuite, ayant fait l'éloge de sa beauté et
de ses sentiments, il lui recommanda de
venir à sept heures du soir.

Elle n'y manqua pas. La dévote amie
l'accompagna encore; mais elle se tint dans
le salon et lut le Pédagogue chrétien pendant
que le Saint-Panange et la belle Saint-Yves
étaient dans l'arrière-cabinet :

— Croiriez-vous bien, mademoiselle, lui
dit-il d'abord, que votre frère est venu me
demander une lettre de cachet contre vous ?
En vérité, j'en expédierai plutôt une pour
le renvoyer en basse Bretagne.

— Hélas! monsieur, on est donc bien

libéral de lettres de cachet dans vos bureaux, puisqu'on vient en solliciter du fond du royaume comme des pensions; je suis bien loin d'en demander une contre mon frère. J'ai beaucoup à me plaindre de lui, mais je respecte la liberté des hommes; je demande celle d'un homme que je veux épouser, d'un homme à qui le roi doit la conservation d'une province qui peut le servir utilement, et qui est le fils d'un officier tué à son service. De quoi est-il accusé ? Comment a-t-on pu le traiter si cruellement sans l'entendre ?

Alors le sous-ministre lui montra la lettre du jésuite-espion et celle du perfide bailli :

— Quoi! il y a de pareils monstres sur la terre ? Et on veut me forcer ainsi à épouser le fils ridicule d'un homme ridicule et méchant ! et c'est sur de pareils avis qu'on décide ici de la destinée des citoyens !

Elle se jeta à genoux, elle demanda avec des sanglots la liberté du brave homme qui l'adorait : ses charmes en cet état parurent dans leur plus grand avantage. Elle était si belle que le Saint-Panange, perdant toute honte, lui insinua qu'elle réussirait si elle commençait par lui donner les prémices de ce qu'elle réservait à son amant. La Saint-Yves, épouvantée et confuse, feignit long-temps de ne le pas entendre ; il fallut s'ex-pliquer plus clairement : un mot lâché d'abord avec retenue en produisait un plus fort, suivi d'un autre plus expressif. On offrit non seulement la révocation de la lettre de cachet, mais des récompenses, de l'argent, des hon-neurs, des établissements ; et, plus on pro-mettait, plus le désir de n'être pas refusé augmentait.

La Saint-Yves pleurait, elle était suffoquée, à demi renversée sur un sofa, croyant à peine ce qu'elle voyait, ce qu'elle entendait. Le Saint-Panange, à son tour, se jeta à ses genoux. Il n'était pas sans agréments, et aurait pu ne pas effaroucher un cœur moins prévenu ; mais Saint-Yves adorait son amant, et croyait que c'était un crime horrible de le trahir pour le servir. Saint-Panange redoublait les prières et les promesses. Enfin la tête lui tourna au point qu'il lui déclara que c'était le seul moyen de tirer de sa prison l'homme auquel elle prenait un intérêt si violent et si tendre.

Cet étrange entretien se prolongeait. La dévote de l'antichambre, en lisant son Pédagogue chrétien, disait :

— Mon Dieu ! que peuvent-ils faire là depuis deux heures ? Jamais Monseigneur de Saint-Panange n'a donné une si longue audience ; peut-être qu'il a tout refusé à cette pauvre fille puisqu'elle le prie encore.

Enfin sa compagne sortit de l'arrière-cabinet, tout éperdue, sans pouvoir parler, réfléchissant profondément sur le caractère des grands et des demi-grands qui sacrifient si légèrement la liberté des hommes et l'honneur des femmes.

Elle ne dit pas un mot pendant tout le chemin : arrivée chez l'amie. elle éclata, elle

lui conta tout. La dévote fit de grands signes
de croix :

— Ma chère amie, il faut consulter dès
demain le père Tout-à-Tous, notre directeur ;
il a beaucoup de crédit auprès de M. de
Saint-Panange : il confesse plusieurs ser-
vantes de sa maison. C'est un homme pieux
et accommodant, qui dirige aussi des femmes
de qualité ; abandonnez-vous à lui ; c'est
ainsi que j'en use, je m'en suis toujours bien
trouvée. Nous autres pauvres femmes, nous
avons besoin d'être conduites par un homme.

.

La belle Saint-Yves resta une heure avec
le père. Elle sortit non moins effrayée des
discours du jésuite que des propositions du
sous-ministre et s'en retourna éperdue chez
son amie. Elle était tentée de se délivrer par
la mort de l'horreur de laisser dans une
captivité affreuse l'amant qu'elle adorait, et
de la honte de le délivrer au prix de ce

qu'elle avait de plus cher, et qui ne devait appartenir qu'à cet amant infortuné.

Elle priait son amie de la tuer ; mais cette femme, non moins indulgente que le jésuite, lui parla plus clairement encore :

— Hélas ! dit-elle, les affaires ne se font guère autrement dans cette cour si aimable, si galante, si renommée. Les places les plus médiocres et les plus considérables n'ont souvent été données qu'au prix qu'on exige de vous. Écoutez : Vous m'avez inspiré de l'amitié et de la confiance ; je vous avouerai que, si j'avais été aussi difficile que vous l'êtes, mon mari ne jouirait pas du petit poste qui le fait vivre ; il le sait, et, loin d'en être fâché, il voit en moi sa bienfaitrice et se regarde comme ma créature. Pensez-vous que tous ceux qui ont été à la tête des provinces ou même des armées, aient dû leurs honneurs et leur fortune à leurs seuls services ? il en est qui en sont redevables à mesdames leurs femmes. Les dignités de la guerre ont été sollicitées par l'amour, et la place a été donnée au mari de la plus belle.

« Vous êtes dans une situation bien plus intéressante; il s'agit de rendre votre amant au jour et de l'épouser : c'est un devoir sacré qu'il vous faut remplir. On n'a point blâmé les belles et grandes dames dont je vous parle : on vous applaudira; on dira que vous ne vous êtes permis une faiblesse que par esprit de vertu.

— Ah! quelle vertu! s'écria la belle Saint-Yves; quel labyrinthe d'iniquité! quel pays! et que j'apprends à connaître les hommes! Un père jésuite et un bailli ridicule font mettre mon amant en prison, ma famille me persécute, on ne me tend la main dans mon désastre que pour me déshonorer. Un jésuite a perdu un brave homme, un autre jésuite veut me perdre; je ne suis entourée que de pièges, et je touche au moment de tomber dans la misère ! Il faut que je me tue, ou que je parle au roi; je me jetterai à ses pieds, sur son passage, quand il ira à la messe ou à la comédie.

— On ne vous laissera pas approcher, lui dit sa bonne amie : et si vous aviez le malheur de parler, M. de Louvois et le révérend père de La Chaise pourraient vous enterrer dans le fond d'un couvent pour le reste de vos jours. »

Tandis que cette brave personne augmentait les perplexités de cette âme désespérée, et enfonçait le poignard dans son cœur, arrive un exprès de M. de Saint-Pouange avec une lettre et deux beaux pendants d'oreille. Saint-Yves rejeta le tout en pleurant, mais l'amie s'en chargea.

Dès que le messager fut parti, la confidente lit la lettre, dans laquelle on propose un petit souper aux deux amies pour le soir. Saint-Yves jure qu'elle n'ira point. La dévote veut lui essayer les deux boucles de diamants. Saint-Yves ne put le souffrir ; elle combattit la journée entière ; enfin, n'ayant en vue que son amant, vaincue, entraînée, ne sachant où on la mène, elle se laisse conduire au souper fatal.

Rien n'avait pu la déterminer à se parer des pendants d'oreille ; la confidente les apporta ; elle les lui ajusta malgré elle avant qu'on se mit à table. Saint-Yves était si confuse, si troublée, qu'elle se laissait tourmenter, et le patron en tirait un augure très favorable.

Vers la fin du repas, la confidente se retira discrètement. Le patron montra alors la révocation de la lettre de cachet, le brevet d'une gratification considérable, celui d'une compagnie, et n'épargna pas les promesses.

— Ah ! lui dit Saint-Yves, que je vous aimerais si vous ne vouliez pas être tant aimé !

Enfin, après une longue résistance, après des sanglots, des cris, des larmes, affaiblie, éperdue, languissante, il fallut se rendre. Elle n'eut d'autre ressource que de se promettre de ne penser qu'à l'Ingénu, tandis que le cruel jouirait impitoyablement de la nécessité où elle était réduite.

Elle succomba donc par vertu. Par ce

moyen, elle délivra son amant ainsi que le vieux janséniste, et lorsqu'elle se plaignit, le surlendemain à la dévote de Versailles de l'injure qu'elle avait endurée, la complaisante matrone lui répondit :

— Malheur est bon à quelque chose !

VOLTAIRE.

II

LA NUIT ET LE MOMENT

DIALOGUE

———

CIDALISE, *voyant entrer Clitandre en robe
de chambre.*

Ah, bon Dieu! Clitandre, quoi! c'est vous?

CLITANDRE.

Votre surprise, madame, a de quoi m'éton-
ner; je vous croyais accoutumée à me voir
vous faire ma cour, et je ne comprends pas
ce que vous trouvez de si extraordinaire dans
la visite que je vous fais.

CIDALISE.

C'est que je croyais avoir quelque raison de penser que, si vous vouliez bien veiller aujourd'hui avec quelqu'un, ce ne serait pas avec moi, et que, dans les idées que j'avais, votre présence m'a étonnée.

CLITANDRE.

Voulez-vous bien m'apprendre pourquoi ma présence ici vous cause tant d'étonnement.

CIDALISE.

Vous serez bientôt satisfait. (*Elle passe dans sa garde-robe, revient, change de chemise ; on la déchausse.*)

CLITANDRE.

Ah Dieu ! quelle jambe !

CIDALISE.

Oh ! finissez, monsieur, vos éloges ne me font pas oublier votre témérité.

CLITANDRE.

Je ne sais pas si c'est la première fois que

je la loue; mais ce qu'il y a de sûr, c'est que
ce n'est pas la première que je l'admire.

CIDALISE.

Allez-vous mettre là-bas, ou sortez.

CLITANDRE.

Vous me traitez singulièrement, madame;
mais j'obéis.

*(Elle se couche, dit à Justine, une de ses
femmes, de rester; Clitandre s'assied sur un
fauteuil, auprès du lit.)*

CIDALISE.

Quoi! réellement, Clitandre, vous n'avez
de rendez-vous avec personne?

CLITANDRE.

Quoi! vraiment, je ne vous empêche pas
de voir Éraste!

CIDALISE

Éraste! mais en vérité, vous n'y pensez
pas, mon pauvre comte.

CLITANDRE.

Et je vous jure, belle marquise, que je ne

pense pas plus à aucune des femmes qui
sont chez vous que vous ne songez à lui.

CIDALISE.

Quoi! pas même à Araminte?

CLITANDRE.

Araminte! ah! parbleu! la plaisanterie est
délicieuse! Est-ce parce que vous avez eu la
méchanceté de la prier de venir ici, que vous
croyez qu'il faut que je l'y amuse?

CIDALISE.

Certes, le tour est fin, c'est-à-dire que
vous voudriez me faire croire que vous ne
savez pas pourquoi elle est ici!

CLITANDRE.

Oh! pardonnez-moi, belle marquise. Mais
ou permettez-moi de me taire sur ce que vous
me demandez, ou consentez que nous soyons
seuls.

CIDALISE.

Seuls!... Mais pourquoi?... en vérité! cela

est ridicule! Non, toutes réflexions faites, je n'y consentirai jamais.

CLITANDRE.

Comme il vous plaira, au reste; mais je vous avoue que j'ai peine à comprendre votre répugnance sur une chose si simple, qui me paraît tirer si peu à conséquence pour vous, et qui m'est à moi si nécessaire.

CIDALISE, *d'un ton piqué*.

Enfin, il faut donc faire ce qu'il vous plaît; mais assurément, vous me ménagez peu! Justine! Justine! Voyez comme elle dort!... Justine! vous pouvez vous coucher.

JUSTINE.

A quelle heure madame veut-elle qu'on entre demain?

CIDALISE, *embarrassée*.

Mais voilà une singulière question! A l'heure ordinaire, apparemment!

JUSTINE.

On attendra que madame sonne. (*Elle sort.*)

CIDALISE.

Eh bien! monsieur, vous venez de l'entendre! elle vient de me tenir un joli propos!
Voilà pourtant à quoi vous m'exposez!

CLITANDRE.

Mais, madame, daignez donc vous mettre
à ma place.

CIDALISE.

Mettez-vous vous-même à la mienne, monsieur. Croyez-vous de bonne foi, qu'elle sorte
de ma chambre sans la plus forte persuasion
qu'elle nous y gênait beaucoup; que nous
sommes arrangés, et que ceci, qui n'est bien
assurément qu'une chose de hasard à laquelle
nous n'avons pensé ni vous ni moi, ne soit
un rendez-vous très décidé?

CLITANDRE.

Elle a donc l'esprit bien mal fait votre
Justine?

CIDALISE, *d'un ton un peu brusque.*

Elle l'a comme tous les gens de son espèce;

cela ne suffit-il pas? Vous-même, que pen-
seriez-vous si vous appreniez demain qu'un
des hommes qui sont ici, a passé la plus
grande partie de la nuit dans ma chambre?
Auriez-vous la bonté de croire qu'il ne l'aurait employée qu'à raconter des histoires?

CLITANDRE.

Eh! plût au ciel que Justine pût me croire
l'homme du monde le plus heureux, et que
je le fusse autant qu'elle me ferait l'honneur
de le croire.

CIDALISE.

Son absence vous a rendu bien galant!

CLITANDRE.

Non, mais il est assez simple qu'elle m'ait
rendu plus libre. Si je n'avais dû rien gagner à son départ, que m'aurait fait qu'elle
fût partie?

CIDALISE, *d'un ton sérieux et d'un air un peu
alarmé.*

Au moins, monsieur...

CLITANDRE,

Eh! madame, vous me connaissez. D'ailleurs que gagnerais-je à vous manquer, quand vous ne m'accorderiez rien de tout ce que je pourrais vous demander, ou que je vous offenserais, si je voulais tenter quelque chose?

CIDALISE

Au vrai, Clitandre, vous n'aimez donc pas Araminte. (*Clitandre hausse les épaules.*) Mais pourtant, vous l'avez eue.

CLITANDRE.

Ah! c'est autre chose.

CIDALISE.

En effet, on dit qu'aujourd'hui, cela fait une différence.

CLITANDRE.

Et je crois de plus que ce n'est pas d'aujourd'hui que cela en fait une.

CIDALISE.

Oh ça! comte, je suis votre amie, et je

crois que vous ne doutez pas de ma discrétion. Puisque le hasard de la conversation nous a portés sur elle, ouvrez-moi votre cœur, et ne me cachez rien de ce qui s'est passé entre Araminte et vous. Au fond, après être convenu avec moi de l'avoir eue, doit-il tant vous en coûter pour me dire comment elle s'est engagée avec vous.

CLITANDRE.

Ces sortes d'aventures sont si peu variées que, qui en sait une en sait mille; mais, puisque vous le voulez, je ne vous cacherai rien.

J'étais allé, au commencement de l'été, à la campagne. Il y avait beaucoup de monde, Araminte entre autres, que personne ne désire et qui se prie partout. Je commençais à perdre beaucoup de la douleur que l'inconstance de Célimène, mon ancienne maîtresse, m'avait causée, et, de jour en jour, ma liberté me devenait plus à charge. Je brûlais de me réengager, et, si vous me permettez de

vous le dire, mon cœur, qu'à votre entrée
dans le monde vous aviez vivement blessé,
reprenait pour vous ses premiers penchants,
mais vous aimiez encore Éraste. La certitude
de ne pas réussir et la crainte de vous en-
nuyer et de vous déplaire en vous poursui-
vant avec cette opiniâtreté fatigante, que
nous croyons de notre devoir quand nous
avons expliqué nos désirs, m'obligèrent à
garder le silence.

Araminte, en me voyant, me destina *in
petto* au glorieux emploi de l'amuser. Vous
connaissez son indécente familiarité et ses
agaceries, mille fois plus indécentes encore.
Nous sommes libertin : je n'avais rien dans
le cœur pour me défendre d'elle. Elle ne me
toucha point, mais elle me tenta. Je lui dis
des choses très libres; elle les prit pour des
galanteries. Je ne voulais pas, comme vous
le croyez bien, d'affaire en règle avec elle;
mais je la jugeais bonne pour une passade,
et je résolus de m'en amuser tant qu'elle res-
terait chez Julie. En revenant de la prome-

nade, le hasard nous fit passer par un petit bosquet assez obscur. Par le même hasard, nous nous étions insensiblement séparés de la compagnie. Je trouvai, et le lieu très propre à prendre avec elle les plus grandes libertés, et elle si disposée à me les souffrir, que je ne sais comment elle eut la force de ne pas m'en remercier. En me priant le plus poliment du monde de finir, elle me laissait continuer avec une patience admirable. Cependant, une faiblesse lui prit, et ce que je me reprocherai toujours! j'eus l'indignité d'abuser de l'état où je l'avais réduite.

CIDALISE.

Ah! grand Dieu! comment! vous!...

CLITANDRE.

Oui, madame, on ne saurait pousser plus loin le manque de respect! j'en suis encore d'une honte.

Quoiqu'elle ne me fît pas de reproches, je suis poli, moi, et je crus qu'il était de la bienséance que je lui fisse des excuses. Elle

les reçut comme une suite de bons procédés
de ma part, et en fut si enchantée qu'elle
voulût absolument que j'allasse, quand tout
le monde serait couché, les lui réitérer dans
sa chambre. Le souper fut fort gai : elle m'y
honora de toutes les faveurs qu'une femme
qui ne se contraint qu'à un certain point
peut accorder à quelqu'un en assez nom-
breuse compagnie. Elle fut tout l'après-sou-
per d'une tendresse exécrable. Enfin, on alla
se coucher, et je passai dans sa chambre le
plus tôt qu'il me fut possible.

Elle m'attendait. Je la trouvai couchée, et
j'avoue que je crus qu'après toutes les libertés qu'elle m'avait laissé prendre, celle de
me mettre dans son lit n'avait rien qui dût la
choquer. En effet, la seule chose qu'elle me
demanda fut de vouloir bien éteindre les
bougies, ou de fermer les rideaux. Cela ne
me parut qu'un caprice : je ne les aime pas,
et je lui refusai durement la grâce qu'elle
me demandait. Quand elle vit que je ne me
prêtais pas à ses intentions, elle eut la com-

plaisance de plier à mes volontés. Les bougies restèrent allumées et les rideaux ouverts.

Nous commençâmes à en agir ensemble familièrement ; et j'étais sur le point de lui avoir encore les dernières obligations, lorsqu'une tendre inquiétude la saisit. Elle se rappela que je ne lui avais pas encore dit que je l'aimais, et me protesta, si je ne rassurais pas son cœur, que, quelque extraordinaire que fût le goût qu'elle avait pour moi, et quelques preuves même qu'elle m'eût déjà données de sa faiblesse, elle saurait indubitablement la vaincre. Je sentais bien que, si elle m'eût aimé, elle n'aurait pas eu lieu d'être contente de ce qu'elle m'inspirait ; mais la bienséance et l'état où j'étais ne me permettaient que de la tromper, et je lui répondis que je ne convenais pas qu'avec les preuves actuelles que je lui donnais de mes sentiments, elle pût s'obstiner à en douter. Elle avait jusque-là paru ne se livrer à sa tendresse qu'avec contrainte ; mais, la certitude d'être aimée bannissant ses scrupules, elle devint d'une tendresse, d'une vivacité, d'une ardeur incompréhensible. Oh ! si vous aviez vu, madame ! Non ! c'est que cela était d'une beauté !...

CIDALISE, *sèchement.*

Je le crois, monsieur le comte, mais n'en supprimez pas moins ces agréables détails.

CLITANDRE.

Malgré tout ce que je lui devais, et la sorte d'égarement où nous mettent toujours les premières bontés d'une femme, soit que nous devions ou ne devions pas les recevoir avec transport, il m'avait paru que j'aurais été plus heureux encore, et que j'aurais eu moins à prendre sur mon imagination, si elle eût eu autant à se louer de la nature, qu'elle semblait le croire. J'ai le malheur d'être fort curieux. Mon doute me tourmentait, je la priai donc de le faire cesser. Rien n'était si simple, ni même si galant que cette prière. Vous ne pourriez cependant que difficilement

imaginer combien j'eus de la peine à la lui
faire agréer. Cette proposition blessait mor-
tellement sa pudeur. Elle ne voulait pas,
mais je voulais, moi, et quelque résistance
qu'elle m'opposât je voulus si bien, qu'elle
fut obligée de céder. Ah ! madame...

CIDALISE.

Quoi donc ?

CLITANDRE.

Ah ! quel monstre !

CIDALISE.

Elle ! vous m'étonnez ! vous dûtes au
moins lui trouver des charmes, qui en gé-
néral vous touchent assez ? Vous m'entendez
sans doute.

CLITANDRE.

A elle ? Elle n'en a point.

CIDALISE.

L'avez-vous eue longtemps ?

CLITANDRE.

Plus que je devais : cinq ou six jours, à ce
que je crois, plus ou moins.

CIDALISE.

Vous paraissez mourir de froid ?

CLITANDRE

Cela n'est pas bien extraordinaire. La nuit devient fraîche, je n'ai pour tout vêtement que ma robe de chambre, et je commence à la trouver terriblement légère.

CIDALISE.

J'en suis fâchée. De quoi aussi vous avisez-vous de n'avoir qu'une robe de chambre de taffetas ? La belle idée ! Mais il ne se peut pas, du moins je me plais à le penser, que dessous vous soyez tout nu.

CLITANDRE.

Le plus exactement du monde. Eh ! pourquoi pas ? Nous ne sommes encore qu'au commencement de l'automne.

CIDALISE, *fort sèchement.*

Vous pouvez être dans votre appartement comme il vous plaît ; mais vous me permettrez de vous représenter que, pour passer dans le mien, vous vous êtes mis dans un assez singulier équipage.

CLITANDRE.

Je suis honteux de vous faire penser un instant que j'aie pu avoir l'intention de vous manquer.

CIDALISE, *avec dignité*.

Je crois ne mettre dans ceci ni humeur, ni ce qu'aujourd'hui l'on appelle bégueulerie, et qui pourrait bien être ce que l'on appelait pudeur autrefois ; mais je vous avoue que je ne comprends pas comment vous aviez imaginé de paraître devant moi dans l'état où vous êtes.

CLITANDRE, *en lui baisant respectueusement la main*.

Ah ! madame, vous me percez le cœur. Je n'étais qu'à demi, s'il faut le dire, dans le dessein de passer chez vous. Je le voulais, je ne le voulais pas. Absorbé dans ma rêverie, je me suis machinalement laissé déshabiller ; je l'étais enfin, quand je me suis déterminé à entrer chez vous.

CIDALISE, *avec plus de douceur*.

Je suis bien aise d'avoir moins à me plaindre de vous que je ne pensais ; mais vous conviendrez, je crois, que toute autre à ma place aurait trouvé votre procédé d'une légèreté inexprimable. Mais laissons cela, maintenant ; parlons d'autre chose, de Julie par exemple.

CLITANDRE.

Julie sûrement ne meurt pas de froid comme moi à l'heure qu'il est, et cela ne m'inquiète guère.

CIDALISE.

Il m'est assez égal aussi que vous en mouriez, et dans quelque position que vous vous trouviez, je veux, ne fût-ce que pour vous punir, que vous me disiez ce que je vous demande.

CLITANDRE.

Eh bien ! puisque c'est absolument que

vous le voulez, je sais un moyen qui me mettra en état de vous la conter, si vous l'agréez.

CIDALISE.

Et c'est ?

CLITANDRE.

Mais c'est que vous ne voudrez peut-être pas.

CIDALISE.

Voyons toujours.

CLITANDRE.

C'est... de me laisser coucher avec vous.

CIDALISE.

Rien que cela.

CLITANDRE.

Pas davantage.

CIDALISE, d'un air moqueur.

Vous avez perdu l'esprit, Clitandre, de me prendre pour une Araminte.

CLITANDRE.

Se peut-il que vous doutiez de mon respect pour vous ?

CIDALISE.

Non, je veux croire que vous me respec-
tez beaucoup, et comme c'est une idée qui
me flatte, je ne vous mettrai assurément pas
à portée de me la faire perdre.

CLITANDRE.

Songez donc à ce que vous me dites. Nous
sommes seuls. Tous vos gens sont loin de
vous, hors Justine, qui ne vous serait pas
d'un grand secours, puisqu'il n'y a au monde
personne si difficile à réveiller. Vous êtes
dans un état qui vous livrerait, presque sans
défense, à mes emportements, si j'oubliais
assez ce que je vous dois pour oser tenter
rien qui vous déplût, et pourtant vous voyez
que, même vous trouvant plus aimable que
quelque femme que ce soit, je ne vous ai
seulement pas fait la plus légère proposition.
Je ne vois pas bien pourquoi je serais moins
sage dans votre lit que je ne l'ai été en de-
hors. Accordez-moi, de grâce, ce que je vous
demande ; rien ne tire moins à conséquence,

CIDALISE, *en colère*.

Oh ! Clitandre, vous m'excédez ! je n'y consentirai jamais.

CLITANDRE.

Eh bien ! madame ! il faut donc vous épargner la douleur d'y consentir.

(Ici il ôte sa robe de chambre, la jette dans la ruelle, se précipite dans le lit de Cidalise, et la prend dans ses bras.)

CIDALISE, *avec effroi*.

Clitandre ! Monsieur ! si vous ne quittez point mon lit ! si vous ne me laissez pas ! si vous ne vous en allez point, je ne vous reverrai de mes jours !

CLITANDRE, *vivement*.

Mais, madame, y pensez-vous ? Songez-vous que l'on peut entendre vos cris ? Que voudriez-vous, si quelqu'un venait ici, que l'on imaginât de la situation dans laquelle on nous trouverait tous deux ?

CIDALISE, *avec emportement.*

Tout ce qu'on voudrait. Il n'y a rien que je ne m'expose à faire penser, plutôt que de me voir réellement victime de votre témérité.

CLITANDRE.

Ah ! madame ! Lucrèce ne pensa pas comme vous.

CIDALISE, *avec fureur.*

Je crois encore que vous plaisantez !

CLITANDRE.

Cela serait assez déplacé dans la colère, où j'ai le malheur de vous mettre, et je vous le proteste, beaucoup plus innocemment que vous ne pensez.

CIDALISE, *toujours du même ton.*

Allez, monsieur, il est infâme à vous d'abuser, comme vous faites, de mon estime et de mon amitié. Laissez-moi, je vous abhorre ! Laissez-moi, vous dis-je.

CLITANDRE.

Si je vous retenais, c'était beaucoup moins
pour faire violence, que pour vous em-
pêcher de prendre un mauvais parti. Vous
voilà libre ! eh bien ! que vous fais-je ? Je
suis pourtant avec vous dans le même lit ;
à ma sagesse, devriez-vous le croire ?

CIDALISE.

Taisez-vous, je vous déteste ! Que voulez-
vous que pensent demain mes gens quand
ils verront mon lit ?

CLITANDRE.

Rien du tout, madame ; car, je le ferai
avant que de m'en aller.

CIDALISE.

Ah ! sans doute ce sera, je crois, un bel
ouvrage.

CLITANDRE.

Vous verrez. Or çà ! ne m'abhorrez donc
plus autant ; rapprochez-vous un peu de
moi, et que la tranquillité où vous me voyez

auprès de vous, vous rassure. Dans le fond, je crois qu'il est plus sage à vous de vous faire un objet de plaisanterie qu'un sujet de colère.

CIDALISE.

De quoi vous avisez-vous aussi de vous opiniâtrer à entrer dans un lit où l'on ne vous désire pas du tout, lorsqu'il y en a tant ici où je suis sûre que vous auriez été reçu à bras ouverts ? Et pour vous dire la vérité, je n'ai pas encore arrangé tout à fait mes idées sur votre compte.

CLITANDRE, *d'un air piqué*.

Oh ! pour cela, vous n'aviez pas besoin de me le dire. Il y a longtemps que je ne doute pas que je ne vous sois l'homme du monde le plus indifférent.

CIDALISE.

J'aimerais assez que vous m'en fissiez une querelle ; il y aurait à cela bien de la vanité.

CLITANDRE.

Je croyais bien que vous y en trouveriez plus que de sentiment ; mais, avec votre permission, cela ne dit pas que vous rencontriez juste.

CIDALISE.

Ah ! ah ! cela est assez nouveau ! Est-ce que vous voudriez me faire croire que vous êtes amoureux de moi ?

CLITANDRE, *en s'approchant d'elle d'un air tendre et soumis.*

Mais de bonne foi, vous-même ne le croyez-vous pas ?

CIDALISE.

Non, en honneur !

CLITANDRE, *s'approchant d'elle un peu plus.*

En honneur ? vous me confondez. Je ne me flattais pas de vous trouver reconnaissante ; mais je vous avoue que je vous croyais plus instruite.

CIDALISE, *fort sérieusement*.

D'un peu plus loin, je vous prie.

CLITANDRE.

Quel sang-froid ! et qu'il est insultant.

CIDALISE, *sèchement*.

Je ne sais s'il vous choque ; mais il me semble qu'il ne devrait pas vous surprendre. A ce que je vois, vous avez formé de grands projets et conçu de terribles espérances ! Mais je voudrais bien toujours que vous vous en allassiez.

CLITANDRE.

Je vous obéirais sans balancer, puisque j'ai le malheur de vous déplaire où je suis, si je ne trouvais pas du danger pour vous, à vous quitter actuellement. Araminte sûrement m'ira chercher, j'ignore quel temps elle prendra pour me faire sa visite. J'ai à craindre, en ouvrant votre porte, de la trouver à la mienne, et cette aventure serait d'autant plus affreuse, que, comme vous savez, mon appartement est en face du vôtre.

CIDALISE.

Mais quand donc comptez-vous partir?

CLITANDRE.

Que sais-je, moi? Demain matin. On ne se lève pas ici de bonne heure. Je m'en irai avant que l'on entre chez vous, et personne ne pourra se douter que j'ai passé la nuit dans vos bras.

CIDALISE.

Dans mes bras!...

CLITANDRE.

Hélas! je me trompe : c'est vous qui êtes dans les miens et qui ne m'en rendez que plus à plaindre. Voyons! payerez-vous toujours mes soins de cette affreuse indifférence?

CIDALISE.

Je n'ai jamais dû croire que vous m'en rendissiez de bien sérieux. Je sais, à la vérité, que quelquefois je vous inspire des désirs; mais, Clitandre, des désirs ne sont pas de l'amour. Non, vous dis-je, vous ne m'aimez pas!

CLITANDRE.

Cruelle ! Oh ça ! parlons sérieusement. Que voulez-vous me donner pour que je ne dise pas que j'ai couché avec vous ?

CIDALISE.

Voilà une très mauvaise bouffonnerie, monsieur. Ne badinons pas, je vous prie, sur cet article. Quand je songe à ma sotte complaisance !... C'est-à-dire que vous ne vous tairez pas sur cette aventure et que vous ne manquerez pas de vous vanter de l'avoir poussée aussi loin qu'il est possible, et de ne m'avoir ménagée en aucune façon.

CLITANDRE.

Je ne croyais pas, par exemple, que ce que je viens de dire pût s'interpréter comme vous faites. Mais, à propos de cela pourtant, s'il vous plaisait de m'accorder quelques faveurs ?

CIDALISE.

Quelques faveurs ! Ah ! je n'en accorde pas, ou je les accorde toutes.

CLITANDRE.

Toutes ! eh bien, soit.

(*Ici il perd assez indécemment le respect.
Elle se défend avec fureur, et lui échappe.*)

CIDALISE, *froidement.*

Je vois, monsieur, que quoique vous viviez
avec moi depuis longtemps, vous ne m'en
connaissez pas davantage. Je n'emploierai
point contre vous des cris, qui ne feraient
que rendre ma sottise publique ; mais, comme
je ne suis ni prude ni galante, que les coups
de tempérament et les éclats de vertu ne
sont pas à mon usage, je ne ferai pas de
bruit ; mais vous ne m'aurez point, et s'il
est vrai que vous pensiez à moi, vous aurez
le chagrin de me voir rompre avec vous
pour jamais.

CLITANDRE.

Madame, vous m'avez vu constamment at-
taché sur vos pas, vous préférer à tout, ne
chercher que les lieux où je me flattais de

vous rencontrer, et ne connaître de plaisir que celui de passer ma vie auprès de vous. Eh bien! madame, continuez de me haïr. Vous me verrez toujours, constant et soumis, préférer toutes le rigueurs dont vous m'accablerez aux faveurs que je pourrais attendre d'une autre. Mon amour vous déplaît. Je consens à ne vous en jamais parler, pourvu que vous me permettiez de vous le témoigner sans cesse.

CIDALISE, *émue tout à coup.*

Ah! traître! serais-je assez malheureuse pour désirer que vous me disiez vrai?

(Ici Clitandre la serre dans ses bras, et elle ne se défend que mollement.)

CLITANDRE.

Cidalise! charmante Cidalise! que si vous le vouliez, vous me rendriez heureux! Tournez les yeux vers moi, et que, s'il se peut, ils ne s'y arrêtent plus avec peine! (*Elle soupire.*) Ces craintes cruelles ne se dissiperontelles point, et paraîtrez-vous toujours désespérée de vous voir dans mes bras.

(*Elle soupire encore, le regarde tendrement, s'approche de lui, et ne le trouve pas à beaucoup près aussi respectueux qu'il se promettait de l'être.*)

CIDALISE, *en se défendant*.

Ah !... Clitandre !... Que faites-vous ?... Si vous m'aimez !... Clitandre !... Laissez-moi ?... je vous l'ordonne.

(*Il obéit enfin; elle pleure, et s'éloigne de lui avec indignation.*)

CLITANDRE, *d'un ton piqué*.

Je m'aperçois trop tard, madame, qu'emporté par mon ardeur, me flattant à tort que vous ne la désapprouviez pas, je me suis exposé à vous déplaire. La douleur que vous cause mon audace, m'apprend que je suis le dernier des hommes à qui vous voudriez accorder les faveurs que je voudrais vous ravir. Soit ! adieu, madame, je m'en vais. (*Il paraît chercher quelque chose.*)

CIDALISE.

Que cherchez-vous donc, monsieur ?

CLITANDRE.

Madame, c'est ma robe de chambre. Dans la situation où nous sommes ensemble, je ne crois pas qu'il soit bien décent que je paraisse déshabillé à vos yeux.

CIDALISE.

Vous vous avisez bien tard d'observer les bienséances avec moi. Attendez, monsieur. vous l'avez jetée de mon côté, et je vais vous la donner.

CLITANDRE, *se rapprochant d'elle avec trans-port.*

Cruelle ! est-il bien vrai que vous me perdiez avec si peu de regret, et que ce soit l'homme du monde qui vous aime le plus tendrement, que vous accabliez de votre haine !

CIDALISE.

Hélas ! monsieur, vous ne savez que trop

que je ne vous hais pas. (*Après quelques
instants de silence.*) Vous voulez donc absolument que j'aime ? Eh bien ! cruel ! jouissez
de votre victoire, je vous adore.

CLITANDRE.

Ah ! madame ! ma joie me suffoque ; je ne
puis parler.

(*Il tombe en soupirant sur la gorge de
Cidalise et y reste comme anéanti.*)

CIDALISE.

Eh bien ! sois content ! jouis de toute ma
tendresse et des transports que tu m'inspires !
Tu m'apprends qu'avant toi, je n'ai pas été
aimée, et je sens avec plus de plaisir encore
que jamais je n'ai rien aimé comme toi. Tu
troubles... tu pénètres... tu accables mon
âme !... Mais, sens-tu comme je t'aime ?...
je ne me connais plus, je meurs de ton amour
et du mien.

*L'on nous dispensera de mettre ici la ré-
ponse de Clitandre, quelque vive qu'elle puisse*

être. On n'ignore point que tout ce que se disent
les amants n'est pas fait pour intéresser, et que,
le plus souvent, les discours qui les amusent
le plus sont ceux qu'il serait le plus difficile
de rendre, et qui valent le moins la peine d'être
rendus.

CRÉBILLON fils.

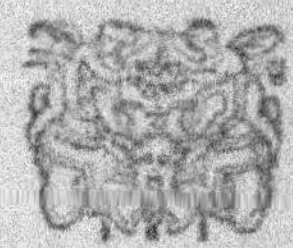

III

TROIS AVEUGLES DE COMPIÈGNE

TROIS aveugles allaient de Compiègne
quêter dans le voisinage.

Ils suivaient le chemin de Senlis et
marchaient à grands pas, chacun une tasse
et un bâton à la main. Un jeune ecclésiastique, fort bien monté, qui se rendait à Compiègne, suivi de son écuyer à cheval et qui
venait de Paris où il avait appris autant de
mal que de bien, fut frappé de loin de leur
pas ferme et allongé.

— Ces drôles-là, se dit-il à lui-même, pour des gens qui ne voient goutte, ont une marche bien assurée. Je veux savoir s'ils trompent et les attraper.

En effet, dès qu'il fut arrivé près d'eux et que les aveugles, au bruit des chevaux, se furent rangés de côté pour lui demander l'aumône, il les appelle; et, faisant semblant de leur donner quelque chose, mais ne leur donnant réellement rien :

— Tenez, leur dit-il, voici un besan; vous aurez le soin de le partager, c'est pour vous trois.

— Oui, mon noble seigneur, répondirent les aveugles, et que Dieu en récompense vous donne son saint paradis.

Quoique aucun d'eux n'eût le besan, chacun cependant crut de bonne foi que c'était son camarade qui l'avait reçu. Aussi, après beaucoup de remerciements et de souhaits pour le cavalier, ils se remirent en route bien joyeux, ralentissant néanmoins beaucoup leur pas.

Le clerc, de son côté, feignit aussi de continuer la sienne. Mais, à quelque distance, il mit pied à terre, donna son cheval à son écuyer, en lui ordonnant d'aller l'attendre à la porte de Compiègne ; puis, il se rapprocha sans bruit des aveugles, et les suivit, pour voir ce que deviendrait cette aventure.

Quand ils n'entendirent plus le bruit des chevaux, le chef de la petite troupe s'arrêta :

— Camarades, dit-il, nous avons fait là une bonne journée ; je suis d'avis de nous y tenir, et de retourner à Compiègne manger le besan de ce brave chrétien. Il y a longtemps que nous ne nous sommes divertis : voici aujourd'hui de quoi faire bombance ; donnons-nous du plaisir.

La proposition fut reçue avec de grands éloges, et nos trois mendiants, toujours suivis du clerc, retournèrent aussitôt sur leurs pas.

Arrivés dans la ville, ils entendirent crier : *Excellent vin, vin de Soissons, vin d'Au-*

*xerre, poisson, bonne chère, et à tout prix;
entrez, messieurs!* Ils ne voulurent pas aller
plus loin, ils entrèrent, et, après avoir prévenu qu'on n'appréciât pas leurs moyens
sur leurs habits, du ton de l'homme qui
porte dans sa bourse le droit de commander,
ils crièrent qu'on les servît bien et prompte-
ment.

Nicole, c'était le nom de l'hôtelier, accou-
tumé à voir gens de cette espèce faire quelquefois, dans une partie de plaisir, plus de
dépense que d'autres en apparence bien plus
aisés, les reçut avec respect. Il les conduisit
dans sa belle salle, les pria de s'asseoir et
d'ordonner, assurant qu'il était en état de
leur procurer tout ce qu'il y avait de meil-
leur dans Compiègne, et de le leur apprêter
de manière qu'ils seraient contents. Ils demandèrent qu'on leur fît faire grand'chère;
et aussitôt maître, valet, servante, tout le
monde dans la maison se mit à l'œuvre. Un
voisin même fut prié de venir aider. Enfin,
à force de mains et de secours, on parvint

à leur servir un dîner composé de cinq plats ;
et voilà mes trois mendiants à table, riant,
chantant, buvant à la santé l'un de l'autre,
et faisant de grosses plaisanteries sur le cavalier qui leur procurait tout cela.

Celui-ci les avait suivis à l'auberge avec
son écuyer, et il était là qui écoutait leurs
joyeux propos. Il voulut même, afin de ne
rien perdre de cette scène divertissante,
dîner et souper modestement avec l'hôte.
Les aveugles, pendant ce temps, occupaient
la salle d'honneur, où ils se faisaient servir
comme des chevaliers. La joie ainsi fut
poussée jusques bien avant dans la nuit ; et,
pour terminer dignement une si belle journée, ils demandèrent chacun un lit et se
couchèrent.

Le lendemain matin, l'hôte, qui voulait se
débarrasser d'eux, les envoya réveiller par
son valet. Quand ils furent descendus, il fit
le compte de leur dépense et demanda dix
sous. C'était là le moment que le malicieux
clerc attendait. Afin d'en jouir à son aise,

il vint se placer dans un coin, sans néanmoins vouloir se montrer, de peur de gêner par sa présence.

— Sire, dirent à l'hôte les aveugles, nous avons un besan, rendez-nous notre reste.

Celui-ci tend la main pour le recevoir, et comme personne ne le lui donne, il demande qui l'a des trois. Aucun d'eux ne répond d'abord ; il les interroge et chacun dit :

— Ce n'est pas moi !

Alors, l'hôte se fâche.

— Ça, dit-il, messieurs les truands, croyez-vous que je suis ici pour vous servir de risée ! Ayez un peu la bonté de finir, s'il vous plaît, et de me payer tout à l'heure mes dix sous ou sinon je vous étrille.

Ils commencèrent donc à se demander l'un à l'autre le besan ; ils se traitent mutuellement de fripons, finissent par se quereller, et font un tel vacarme que l'hôte furieux leur distribue à chacun quelques paires de soufflets, et cria à son domestique de descendre avec deux bâtons.

Le clerc, pendant ce débat, riait dans son coin à se pâmer. Cependant, quand il vit que l'affaire devenait sérieuse et qu'on parlait de bâton, il se montra et d'un air étonné vint demander ce qui causait un pareil tapage.

— Sire, ce sont ces marauds, venus hier ici pour manger mon bien; et aujourd'hui que je leur demande ce qui m'est dû, ils ont l'insolence de me bafouer. Mais, de par tous les diables! il n'en sera pas ainsi, et avant qu'ils sortent, je...

— Doucement, doucement, sire Nicole, reprit le clerc. Les bonnes gens n'ont peut-être pas de quoi payer, et dans ce cas vous devriez moins les blâmer que les plaindre. A combien se monte leur dépense?

— A dix sous.

— Quoi! c'est pour une pareille misère que vous faites tant de bruit! Eh bien, apaisez-vous, j'en fais mon affaire. Et pour ce qui me regarde, moi, combien vous dois-je?

— Cinq sous, beau sire.

— Cela suffit, ce sera quinze sous que je vous payerai; laissez sortir ces malheureux, et sachez qu'affliger les pauvres, c'est un grand péché.

Les aveugles, qui craignaient la bastonnade, se sauvèrent bien vite, sans se faire prier; et Nicole, d'un autre côté, qui s'attendait à perdre ses dix sous, enchanté de trouver quelqu'un pour les lui payer, se répandit en grands éloges sur la générosité du clerc.

— L'honnête homme! disait-il, voilà comme il nous faudrait des prêtres, et alors nous les respecterions! Mais, malheureusement, il s'en faut bien que tous lui ressemblent. Oui, sire, une si belle charité ne restera pas sans récompense: vous prospérerez, c'est moi qui vous l'annonce, et à coup sûr Dieu vous bénira.

Tout ce que venait de dire l'hypocrite voyageur n'était qu'une nouvelle malice de sa part; et, tout en leurrant l'hôtelier par cette ostentation de générosité, il ne songeait qu'à lui jouer un tour, comme il en avait déjà joué un aux aveugles.

Dans ce moment sonnait une messe à la paroisse. Il demanda qui allait la dire; on lui répondit que c'était le curé.

— Puisque c'est votre pasteur, sire Nicole, continua-t-il, vous le connaissez sans doute?

— Oui, sire.

— Et s'il voulait se charger des quinze sous que je vous dois, ne m'en tiendriez-vous pas quitte?

— Assurément, et de trente, même, si vous me les deviez.

— Eh bien, suivez-moi à l'église et allons lui parler.

Ils sortirent ensemble; mais, auparavant le clerc recommanda à son valet de seller les chevaux, et de les tenir tout prêts.

Le prêtre, quand ils entrèrent, était déjà revêtu des ornements sacerdotaux, et il allait chanter la messe; c'était un dimanche.

— Ceci va être fort long, dit le voyageur

à son hôte; je n'ai pas le temps d'attendre,
il faut que je parte. Laissez-moi aller le pré-
venir avant qu'il commence; il vous suffit,
n'est-ce pas, que vous ayez sa parole.

D'après l'aveu de Nicole, il s'approche du
curé, et tirant douze deniers qu'il lui glisse
adroitement dans la main :

— Sire, dit-il, vous me pardonnerez de
venir si près de l'autel pour vous parler;
mais, entre gens du même état, tout s'ex-
cuse. Je suis un voyageur, qui passe par
votre ville. J'ai logé cette nuit chez un de
vos paroissiens que très probablement vous
connaissez, et que voici là, derrière, assez près
de nous. C'est un bon homme, fort honnête
et sans la moindre malice, mais son cerveau
est malheureusement un peu faible; et il lui
a pris, hier au soir, un accès de folie qui
nous a tous empêchés de dormir. Il se trouve
un peu mieux ce matin, grâce au ciel; cependant, comme il se sent encore un peu de
mal à la tête et qu'il est plein de religion, il
a voulu qu'on le conduisît à l'église et qu'on

vous priât de lui dire un Évangile, pour que
Notre-Seigneur achève de lui rendre la
santé.

— Très volontiers, répondit le curé.

Alors, il se tourna vers son paroissien, et
lui dit :

— Mon ami, attendez que j'aie fini ma
messe, je vous satisferai ensuite sur ce que
vous me demandez.

Nicole, qui crut trouver dans cette réponse
la promesse qu'il venait chercher, n'en demanda pas davantage. Il reconduisit le clerc
jusqu'à l'auberge, lui souhaita un bon voyage,
et retourna à l'église attendre que son curé
le payât.

Celui-ci, la messe dite, revint avec son étole
et son livre vers l'hôtelier.

— Mon ami, lui dit-il, mettez-vous à genoux.

L'autre, fort étonné de ce préambule, répondit que, pour recevoir quinze sous, il n'a-
vait pas besoin de cette cérémonie.

— Vraiment, on a eu raison, se dit à lui-même le pasteur. Cet homme a un grain de folie.

Puis, prenant un ton de douceur :

— Allons, mon cher ami, reprit-il, ayez confiance en Dieu, et recommandez-vous à lui, il aura pitié de votre état.

Et, en même temps, il lui met son livre sur la tête et commence son Évangile. Nicole en colère jette tout au loin, il répète qu'on l'attend chez lui, qu'il lui faut quinze sous et qu'il n'a que faire d'oremus. Le prêtre irrité appelle ses paroissiens, et leur dit de saisir cet homme qui est fou.

— Non, non, je ne le suis point ; et, par saint Corneille ! vous ne me jouerez pas ainsi ; vous avez promis de me payer, et je ne sortirai d'ici que quand j'aurai mon argent.

— Prenez, prenez, criait le prêtre.

On saisit aussitôt le pauvre diable ; les uns lui tiennent les mains, les autres les jambes, celui-ci le serre par le milieu du corps, celui-là l'exhorte à la douceur. Il fait des efforts

terribles pour leur échapper, il jure comme
un possédé, il écume de rage ; mais il a beau
faire, le curé lui met l'étole autour du cou,
et il lit tranquillement son évangile depuis
un bout jusqu'à l'autre, sans lui faire grâce
d'un seul mot. Après cela, il l'asperge co-
pieusement d'eau bénite, lui donne quelques
bénédictions et permet qu'on le lâche.

Le malheureux vit bien qu'il avait été at-
trapé. Il se retira chez lui, honteux et honni,
ayant perdu ses quinze sous, et n'ayant reçu
en retour que des bénédictions.

Traduit de Courtebarbe.

(xiiie siècle.)

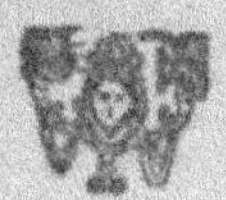

IV

ANECDOTES PLAISANTES

ET MENUS PROPOS.

—————

LE CHANOINE QUI FAIT LES ENFANTS

Les chanoines font des enfants, témoin
madame la reine de France qui, allant à
Chartres en voyage, pour avoir lignée, et
suivant un beau chemin fait exprès, parce
qu'elle allait à pied, elle s'assit pour se re-
poser.

Voici passer une belle grande paysanne
des champs, qui cheminait comme un prêtre
breton.

— Bonjour, ma mie, où allez-vous?

— Je vais à Chartres, madame.

— Que faire?

— Vendre du lait et des herbes.

— D'où êtes-vous, ma mie?

— Je suis d'ici auprès, madame.

— Êtes-vous mariée?

— Oui, madame, Dieu merci. Mais, madame, ne vous déplaise, dites-moi, s'il vous plaît qui vous êtes?

— Je suis la reine.

— Excusez-moi, s'il vous plaît, si je ne vous ai pas fait l'honneur que je vous devais. Mais, madame la reine, vous allez à pied; et où allez-vous, madame la reine?

— Mais que ne vous déplaise? je vais à Chartres, ma mie, pour aller en cette belle église prier Dieu, à ce qu'il plaise que j'aie enfants.

— Hélas! madame la reine, ne laissez pas de vous en retourner; ce grand chanoine qui les faisait est mort; on n'y en fait plus.

Béroalde de Verville.

LA DAME ET LE VALET.

J'ai ouï conter à un honnête gentilhomme, mien ami, qu'une dame de son pays, ayant plusieurs fois montré de grandes familiarités et privautés à un sien valet de chambre, qui ne tendaient toutes qu'à venir à ce point, ledit valet, point fat et sot, un jour d'été trouvant sa maîtresse, par un matin, à demi endormie dans son lit toute nue, tournée de l'autre côté de la ruelle, tenté d'une si grande beauté, et d'une fort propre posture, et aisée pour l'investir et s'accommoder, étant elle sur le bord du lit, vint doucement et investit la dame, qui, se tournant, vit que c'était son valet qu'elle désirait; et, toute investie qu'elle était, sans autrement se désinvestir, ni remuer, ni se défendre, ni dépêtrer de sa prise tant soit peu, ne fit que dire, tournant la tête, et se tenant ferme de peur de ne rien perdre.

— Monsieur le sot, qui est-ce qui vous a fait si hardi de le mettre-là ?

Le valet lui répondit en toute révérence :

— Madame, l'ôterai-je ?

— Ce n'est pas ce que je vous dis, monsieur le sot, lui répondit la dame. Je vous dis : « Qui vous a fait si hardi de le mettre-là ? »

L'autre retournait toujours à dire :

— Madame, l'ôterai-je ? et si vous voulez, je l'ôterai.

Et elle à redire :

— Ce n'est pas ce que je vous dis encore, monsieur le sot.

Enfin, l'un et l'autre firent ces mêmes répliques et dupliques par trois ou quatre fois, sans se débaucher autrement de leur besogne jusques à ce qu'elle fût achevée ; dont la dame s'en trouva mieux que si elle eût commandé à son galant de l'ôter, ainsi qu'il lui demandait.

Et bien servit à elle de persister en sa première demande sans varier, et au galant en sa réplique et duplique : et par ainsi conti-

nuèrent leurs coups et cette rubrique longtemps après ensemble; car il n'y a que la
première fournée ou la première pinte chère,
dit-on.

TABLE

Paris. — Soc. d'Imp. PAUL DUPONT (Cl.) 630.12.88.

www.ingramcontent.com/pod-product-compliance
Ingram Content Group UK Ltd.
Pitfield, Milton Keynes, MK11 3LW, UK
UKHW022049170726
13837UKWH00002B/852